KB107055

열 개의 명상

열 개의 명상

박지애 시집

불교문예

밤

금목서

밑에 앉았다

노란 황금 꽃이 피었다

바람이 분다

향이 날아온다

임무 수행 중이다

노란 꽃가루 어깨에 내린다

"누구지?"

올려다보니 나무에

노란 별들이 달렸다

"우주구나!"

— 본문, 「45」 전문

|차례|

■ ■ ■

01

힉스 속에서 나온 건
마음이었고
태초에 마음 쏟아졌다
카오스
....
마음으로 채워진 태초 공간
마음이 수소를 부르기 전
태초 공간에 꽉 차는 나무
마음으로 그렸다
수소 부르기 전
밑그림 -마음나무- 공간에 그리고
수소를 불렀다
H He Li Be B C N O F Ne Na Mg⋯⋯
원소는 나무를 거치지 않고 나가지 못했고
마음나무 우주 밑그림이다

02

원소들은 뭉치며 돌이 되었고
나뭇가지마다 돌이 달리고
돌들이 주렁주렁 달린 나무
우주가 정돈되었다
돌들은 마음나무뿌리에서 ENERGY 얻었고
돌덩이로 매달렸던 마음나무
돌들은 ENERGY로 빛을 냈다
마음나무 ENERGY로
별들이 탄생 되었고
별을 밝히며 시작한 우주
별이 가득 달린 나무
지구에선 별만 가득 보였다

03

먼 거리의 돌멩이 지구는
빤작이긴 했어도
우주 시작의 이야기는 잊고
원소로 육체를 만들어 입고
아버지 마음나무는 잊었다
먼 별 시간과 공간에서
멀어져 가며 기억을 잃은 것이다
우주인들이 먼 별에 도착해
아버지나무를 설법했지만
기억 돌아오지 못했다

04

우주 TREE는 별이 빤짝이면서
CHRISTMAS TREE가 됐고
나무 열매처럼 달려 있는 별들은
향기를 냈다
향기는 별들 이름이기도 하다
나무 중심의 향기는 진했고
외각으로 멀어질수록
덜한 향이 났고
우주 걱정거리다
나무 본채에서 ENERGY를 주지만
우주와 멀어지며
향기의 수준을 떨어뜨렸다

05

우주인들이 외각 별로 진입할 때
향이 아닌 냄새에 힘들었다
중앙의 향을 묻혀 왔지만
지구의 냄새를 덮을 수 없었고
외계인 –석가와 예수–는 지구 냄새
어떻게 견뎠을까?
희생이 냄새를 이겼다

06

중심의 향g8ㄹ9ㅇ0ㄴ5ㄱ은

맡는 것만으로 십정 -열가지 명상-

뚫었고

마음에 향이 들어가며

벽들이 무너지고 향으로 통일했으니

신의 향은 통합이고 하나이다

07

뿌리 ENERGY 원동력은 명상으로 얻어진다

우주 명상하고 있다

우주나무 명상 중이다

뿌리는 줄기를 따라

잎으로 가지로

명상 ENERGY 전달하는 SYSTEM

별을 생산하는 나무

별들은 뿌리에서 끌어온 ENERGY로

향을 만들어 냈다

아승지 겁의 별의 향은

우주의 밥이다

08

나무 ENERGY는 십정 -열가지 명상-
중앙 가지에 범광명 명상
-빛으로 세상 부정함을 보고 집착-에서
벗어난 명상에 빠지면
@#!giddl향으로 은하를 물들인다
@#!giddl향은 지구로 매화를 보냈다
향이 명상을 주도해 깊이 빨려들 것이다

09

명상은 에고%가 낮을수록
마음%가 높아지고
별의 향 빨아들인다
한번 맡은 향은 지워지지 않고
명상은 진해갔다
명상이 떨어지는 별은
나무 가장자리 먼 별이다

10

별*****가 뿜는 향&&&&&
묘광명 명상으로 온 우주를 보는 향
지구로 보냈고
먼 여행으로 향 희미하지만
금목서로 지구에 있다
별~~~~ 향``````에 물들면
별들을 차례로 가는
신통 명상에 빠지는데
지구 은목서 향이다
향이 영혼을 태우고 초월 여행을 한다

11

지구 쓰레기에 덮이고
펜데믹 공격받고
어떡할까?
지구인은 전 주인 -공룡-보다
신사적이지 않았고
더 폭력적이고
더 육식을 먹었고
더 초식주의자는 적었다
동물의 시체
지구를 덮었지만
초식동물은 아니다
지구 악취 주범이다
꽃들이 향을 품고
선지자로 왔지만
악취 이길 수는 없었고
나무가 산소를 생산했지만
인간 호흡에서 나오는

이산화탄소를 막지 못했다

나무별의 맴버 아니다 결코

12

별(((((의 향))))))은
깊은 삼매 중 수많은 붓다를
보며 지구에 치자 꽃으로
씨앗을 보냈다
별WWWW는 진리의 법비를 맞아
중생을 교화하는 YYYY향을 뿜어
지구로 연산홍 씨앗을 보냈다

13

마음나무 선정 다 할 때

우주가 빛 색 진동 향……

더해가고

별들은 외각 별에 특전사를 보낸다

'냄새'가 아닌 '향'을 먼 별들에

뿌려준다

오래된 이야기지만

지구는 특전사 향 내려도

지구 독특한 냄새

뒷골목에 방뇨한 냄새

토한 냄새

시체 태운 연기

하수구 냄새

…………

지구 하면 떠오르는 퀴퀴한 냄새

가득이다

14

지구는 알고 있었다
문명이란 이유로 NATURE
함부로 했다
지구인들 원숭이보다
앞선 문화라고 의기양양했으나
지구 쓰레기에 덮였단 걸 안다
우주나무는 코를 막았다
우주인을 지구로 보냈으나
우주 중앙에서 온 선지자들
악취를 어떻게 이길까?

15

TREE 끝가지에 붙어 있긴 하지만
우주나무의 별이긴 하지만
떨어질락 말락 21C 지구 모습이다
우주나무 전쟁을 선포했다

16

TTTT향 ㄴㄴㄴㄴ별에서

지혜 광명 명상 향 뿜는다

TTTT향은 지구에

개나리꽃으로 파견 나와있다

++++향은 QQQQ별에서

붓다 장엄을 아는 명상으로

우주 향을 뿜는다

++++향은 벚꽃을

지구에 특파원으로 보냈다

17

우주나무 별들은 십통으로

별을 오가지만

지구별

우주별 끝가지 별

중력에 잡혀

십통과 거리 멀다

다른 별 영혼의 별이지만

지구는 육체의 별이다

육체가 강력하게 지구 좌우한다

18

$$$$별 일체 중생에 들어갈 수 있는 명상
####향을 지구에 백일홍 전사를 보냈고
#$%^향)(*&별에서
보이지 않는 법까지 보이는 명상
지구에 동백꽃 특전사를 보냈다

19

지구에 온 것은 일종의

벌이다

육체를 입는 벌

육체는 배설이다

수치스러운 벌

우주에 이런 수모의 별이 또 있을까?

왕가 드레스도 화장실 갔고

대성당에도 화장실이 있고

턱시도도 화장실 필요하고

지구 생명체 배설한다

지구는 화장실이다

20

'사람은 빵으로만 살 것이 아니요'
했지만
사람은 빵으로만 살았다
그것도 육식으로
명상으로 건강할 수 있는 길을 두고
'마시고 먹고' 지구 화두다
동물과 크게 다르지 않는
털 없는 원숭이일 뿐이다
먹을 양의 몇 배를 먹고
화장실이 넘친다

21

먹을수록 명상은 줄어들고
명상의 시간 먹고 마셨고
명상을 먹어버렸다
카페에서 '수행'을 꺼내 탁자에 놓으면
이물질처럼 탁자 밑으로 밀어버린다
명상은 외계 물질이고
호모 사피엔스가 할 '말' 아니다
그러나! 호모 사피엔스 멈추길!
명상이 깊으면
소가 덜 죽는다
개 먹는 걸 욕하지만
소를 먹는다고 괜찮은 건 아니다
멈추고 입을 닫고 잠시라도
우주가 마스크를 내린 이유
입을 잠시 멈추고 명상을 하자

22

별의 향이 깊어질 때
향은 우주나무 깊이 들어가
십정의 삼매로 지나갔으니
깊을수록 명상 절정
··················

넘치는 향 마음나무를 휘돌아
외곽의 희미한 별로
쏟아졌다
충성스런 향
바람이 불었고
외각으로 외각으로
··················

지구에 태풍이 왔지만
바람 안에 향은 희미하고
지구냄새도 태풍에 섞였다

23

삼매를 배우려

별로 날아오는 꽃 포자들

바람의 도움으로 마음나무로 간다

향기는 결사적 전사들처럼

향기 더 많이 가져올 명상을 하려

중앙 별로 간다

외각에서 싸워 본 전사들

삼매를 겪을 것이다

별의 향을 닮으려 한다

별의 명상을 닮으려 한다

24

누가 꽃을 약하다
했던가?
꽃은 전사다
꽃은 터져나오는 함성
으로 핌을 알리고
색으로 탄성을 얻어내고
향으로 골수를 파고드는데
시간을 진군하며
계절보다 먼저 도착한
매화
우주 중앙의 @#!giddi향으로
겨울 대문을 활짝 여는
꽃이 전사가 아닌 적은 없었다
하늘에는 별, 땅에서는 꽃
최전선 장병들

25

대기권을 뚫고 들어온 씨앗

외계침투

침투의 목적은 '지구 정화'

탄소로 덮어쓴 지구

씨앗들은 대기권 뚫고

장미가 직진

향나무가 날카로운 나선형

자스민 아이리스는 무작정 뛰어내렸다

CITRIS 계열은 수직 낙하

별들이 향기 침투작전을 설계했고

잠입요원들 실행에 옮겼다

26

씨들은 지구에 도착한 후
최악의 장소를 물색했다
그들의 작전명은 '지구 향기'
투쟁해야 할 것이다
향나무는 민둥산에 깊이 박혔다
땅을 파들어 갔고
지구의 산소 탱크가 되고
WOOD향을 사수할 것이다
장미는 쓰레기하치장
악취 썩음 날파리……
유충 공격을 견디며
진한 빨강으로 깃발을 꽂고
가시는 보호 장비
장미는 강했다

27

자스민은 정화구 탱크
앞에 진지를 구축했다
'향! 냄새 이길 거야'
코를 잡고 가는 길목이 전쟁터
자스민 정화조 기계 돌릴 때
들씀 날씀으로 폭격했다
공격은 그것만이 아니다
'분뇨' 라는 글귀까지 키를 높여
꽃을 피웠다
훨씬 낫다

28

아이리스 유치원에 피었다

인질 구출 작정명 '3차원이지만 3차원이 아니다'

아이리스 큰 작전을 맡았고

그 전 언제보다 절실하다

작전 실패 용납할 수 없고

아이리스 요원 옥상 길목 뒷마당…

아이들이 가는 곳마다 침투했다

용의자 -냄새-를 인질과 떼어 놓는 것이

임무다

아직 인질들은 해맑다

'나를 믿어 봐'

29

우주를 알고 싶던 영혼들은

향기에 끌려

나무별에 정착했다

향기를 맡았고

향기는 영혼을 해체하며 파고들었고

적나라하게 우주를 심어 주었고

영혼

향기에 취해 이해해 버렸다

아승지 겁의 시간이 필요한 경전

향기로 난자한 향

날카로운 향이었다

죽비처럼 영혼 때렸고

시원하게 알아들었다

모름의 답답함에 철석!

30

우주의 신비였다

십정 -열가지 신비-

향기 남겨두었다

색으로 빛으로 진동으로

가르치던 우주

향기를 남겨두었다

별을 지구에서 본다

꽃을 보냈다

향기를 묻혀

왜 몰랐을까?

별에서 온 향

향을 품은 별

지구에 향 보내려

꽃을 보낸 별

외각 험지까지

꽃을 보낸 별

31

눈치채지 못했다

지구에 있는 향기가

별에 없을 리가

별은 선생님

빛의 분필로 색의 칠판에 진동의 경전

그리고 향기로 설법했음을

밤하늘의 별은 영혼을 설득시키고 있다

빛 색 진동 향기는 도구고

별은 사랑

별을 더 사랑하게 됐다

밤마다 들숨 날숨을 쉬며

별 향을 맡으려 한다

눈을 감는다 별이 보이고

호흡에 집중한다

별이 가르쳐준 명상이다

들숨 날숨

32

아파트 화단에 별이 보낸

꽃들로 가득하다

3월 매화 @#igiddl 향

세상의 부정함을 보라는 소식 보냈다

#$%^ 향으로 온 동백은

보이지 않는 법까지 보라는 메시지

4월엔 QQQQ 별에서

붓다 장엄 알라는 ++++향을

벚꽃에 묻혀 보냈다

향TTTT 지혜 광명 개나리에 묻혀

별LLLL이 명상 배우라고………

……………………………

시간과 공간으로 보내는

3차원 원소로 만들어진 환희

어처구니없이 배달되는 선물

사람에게 받아 본 적 없는 꽃

편지와 함께 별이 보냈다

33

지구가 만든 것이 아니다 꽃

지구 성질이 아니다 꽃

원소로 만들어졌지만

별의 기운이 묻어있다

꽃 향 맡으며 별 향 꿈꾼다

아승지 겁의 아승지 별

시간과 공간에서 별들은 어떤 향을 낼까?

향은 어떤 설법을 할까?

십정 -열가지 명상-

향으로 설법하는 별

무한한 향 무한한 별

34

철로 된 우주선을 타고

어느 별에 도착한다면 인간

슬프다

우주인들 다 피할 것이다

냄새가 힘들어서

육체는 냄새다

구멍마다 배설하는 육체

악취 한 덩이 별에 온 것이고

향기로운 별은

영혼의 땅이다

교통 수준은 십통

교육 수준은 십정

별은 웃음이고

별은 자유인데

육체 한 덩이 어렵다

35

인간은 알고 싶은 DNA

죽음 앞에서

모름 한탄한다

왜? 살았을까?

또 왜? 죽을까?

철학자 -동 서양- 화두는 같다

'삶과 죽음'

호모 사피엔스 지금까지 -21C-

정보를 수집했니?

육체로는 화두 풀 수 없고

육체는 혼돈만 보여준다

36

도서관은

90%가 먹고 마시고

육체의 정보

육체를 고상하게 우아하게

입에서 항문까지

화두 -삶과 죽음- 풀 수 있을까?

지구 전 주인 파충류 공룡도

황폐하게 거칠게 지구를 사용했고

진화하지 못했다

포유류 인간은 문화

타이틀로 지구를 쓰레기로 만들고

지구는 떠날 별이다

꽃들이 왔지만

비닐과 악취

꽃들이 전사하면서

향기를 내지만

37

H He C Fe……
원소로 만들었지만 별에서
온 꽃
몇몇 포유류들은 꽃의 향을 맡았고
꽃의 텔레파시 별에 연결됐음을
꽃이 오기 전까지
죽음은 화두 미확인 물체……
꽃이 오고 향을 맞이하며
죽음은 승화고 진화
죽음 앞에 도망가지 않고
지구의 기다림이 됐다
꽃의 명상 주파수로 간다
별로 가기 위해 3차원 옷 -육체-
는 벗는다

38

별

색 빛 진동으로 깨달았다

8정도 6바라밀 10지 10통······

십정 -열가지 명상-

향으로 깨달았다

앎의 허기

인간의 DNA

모름으로 시작한 지구

앎을 갈구했지만

인간의 육체는 한계다

별이 왔고 꽃이 왔고 나무가 왔고······

악취 나는 땅에 선지자들이 자처해 왔고

모름으로 죽는 것이 고통이던

앎의 허기로 죽던

지구의 철학자들

별에 잘 갔을까?

39

공룡이 떠나듯
인간이 떠나면
우주는
땅과 바다를 뒤바꿔
인간이 밟은 땅 물속으로 들어가고
공룡이 밟은 땅이 물속에서 올라와
새 땅이 되겠지
새 에덴이 되고
새 종들의 땅이 되겠지

40

허기는 결국 병이 되겠지만
육체로 죽음을 풀 수 없다
우주! 영혼의 땅이기에
잠시 육체로 있었으나
육체는 죄의 대가
육체를 벗는 죽음은
기회다
마음 별로 가는

41

죽음을 이해하는 지구 아니다

육체의 현상에

지구 죽음은 기이하다

육체가 해결하기 어렵다

화장장 공동묘지 무덤……

움직이던 육체가 멈췄다

영혼은 보이지 않고

아픔으로 죽는 육체만 보인다

21C 오래 시간을 끌며 죽음을 기다린다

왜 시간을 줄까? 우주

지구가 화두를 풀길 기다리고 있다

다른 별에서 죽음

영혼의 여행일 뿐이다

육체가 없기에

떠나고 가고 오고

육체가 없기에

42

육체가 있는 꽃

생로병사를 겪지만

받아들인다

윤회 중이지만 받아들인다

육체로 지구에 살지만

우는 꽃은 없다

격노한 꽃도 없다

살며시 살다 간다

선정하다 간다

보시하다 간다

육체가 있지만

소박하게 먹고 마신다

별나무를 믿기에

구하지도 않고

우주에서 내려 주는 '만나'를 믿기에

43

우주 별 나무

꽃을 보낸 이유

육체로 인해 처참하지도 않고

별의 뜻대로 삶

별*****가 향&&&&을

금목서로 보낸 이유는

온 우주를 보는 명상하라는 뜻

별(((((는 수많은 붓다 보라는 편지를

향)))))에 묻혀 치자 꽃으로 보냈다

별~~~~는 신통 명상하라는 뜻

향``````에 묻혀 은목서로 보냈다

44

연산홍을 맡았다
진리의 법비 냄새 YYYY향이 난다
별WWWW이 보냈구나
백일홍
일체 중생으로 들어가는
####향이 났다
별$$$$가 보냈구나

향들이 지나간다
지구 냄새가 아니다
어딘가 향으로 사는 땅도 있겠구나
다른 땅
하늘을 봤다
별 향을 맡기엔 지구는 외각이다
언젠가
중심 별에 가겠지

45

밤

금목서

밑에 앉았다

노란 황금 꽃이 피었다

바람이 분다

향이 날아온다

임무 수행 중이다

노란 꽃가루 어깨에 내린다

"누구지?"

올려다보니 나무에 노란 별들이 달렸다

"우주구나!"

46

궁금했다

꽃 피지 않는 겨울

나무는 뭘 할까?

꽃과 잎을 그리고 향도 버린 채

시간을 기다리며

뭘 할까?

지구로 내려온 전투병

긴급명령 향으로 정복한 군인들

겨울은 전투의 시간이 아니다

다음 시간 찬란한 전사

향으로 투쟁할 작전을 설계한다

무작정 피는 꽃도 향도 아니다

그들은 절방에서 세밀한 설계로 시간 보낸다

시간에 씨앗 터트리는

기막힌 타임을 위해

설계는 뭘까?

별에 주파수를 맞추고

명령 하달 받고 있다

47

명상하는 것이다
아파트 겨울 화단을 본다
매화 동백 연산홍 금목서……
다 내려놓고 있다
그러나 죽진 않았다
살아있다
시간이 오면 때를 알릴 것이다
조용하다
석가처럼 조용하다
소리 내지 않는다
침묵
동안거 중이다
꽃들은 깊이 들어갔고
십정 삼매 중이다
온 우주를 보는 명상 금목서
세상 부정함을 보는 삼매 매화
수많은 붓다 보는 치자

신통명상 은목서

진리의 법비 연산홍⋯⋯⋯⋯⋯⋯

⋯⋯⋯⋯⋯⋯⋯⋯⋯⋯⋯조용한 겨울

아파트 정원 동안거 중이다

48

동안거 결과를 가장 먼저 보여주는 매화

가장 전투적인 최정예 요원

겨울을 이긴 것이다

삼매로

찬바람 아직인데 살갗 드러내는

그대로 노출한다

겨울을 뚫는 삼매

우주 훈련 견딘 것이다

우주 훈련을 견디는 건

명상뿐이다

49

꽃들은 울지 않는다
신음소리도 없다
산자락이든 바위틈이든
우주가 침투 명령한 곳에
사명을 다한다
울고 신음하고 불평하는 건 인간이다
꽃들은 철저한 군인 정신으로
삼매 할 뿐이고
우주 명령을 실행하고
늦지도 빠르지도 않게
우주 시간을 지키고
꽃을 피우고
그 꽃으로 우쭐하지 않고
보는 이 없다고 절망하지도
떨어진다고 통곡하지도
꽃의 시간 끝났다고 애절하지도
생로병사 똑같이 겪지만

삼매한 꽃은

웃는 꽃이다

50

주파수를 맞추는

별과 꽃

지구 버리지 않을 거야

하늘의 별

땅의 꽃

신비

별의 향

맡아보기 힘들지만

별이 보낸 향

꽃

별의 향 희미하게 맡아진다

신비

51

꽃들은 성호

오른쪽에서 왼쪽

왼쪽에서 오른쪽

으로 긋는 것으로 전쟁하지 않는다

꽃들은 종교의 이름으로 테러하지 않는다

꽃들은 아예 종교적이지 않다

장미는 대성당에도 모스크에도

기독교에도 유대교에도

화병에 화려함으로 장식된다

52

꽃들은 전쟁터에도 피고
코로나에도 새싹이 올라오고
탱크에 꽃 미사일에
향이 되고 싶어 한다
죽임 앞에 꽃으로 맞서고
칼에 꽃잎 묻어 있길…
지구에서 종교란 무엇일까?
살리는 걸까?
죽이는 걸까?
지구를 믿지 않기로 했다
물었으나
갈라진 대답들
분산된 답들

53

지구의 모든 것을 믿지 않기로 했다

답은 다 달랐고 -특히 종교-

주장은 셌으며 주먹 불끈 쥐고 휘둘렀다

종교가 무섭다

무엇보다 고집들이 강하고 물러서는 법

배우지 못했다

살인할 이유 전쟁할………………

이유가 성전 모스크에 가득하니

그 속에 꽃이 피었다

꽃 앞에서 회개한다

묵묵한 꽃 앞에서 부끄러웠다

54

말

뱉어버리는 말

난 이렇게 말한다

그래 그럼 이렇게 말하지!

응! 할 수 없군! 난 말할 거야! 이 식으로!

명상한 말은 없다

명상을 거치고 나오는

말은 없다

센 말 센말 더 센말

전쟁

55

꽃 십정 명상을 하고
입을 닫아 버렸다
꽃으로 보여주려고
명백히 꽃을 보면
꽃은 꽃으로 설법한다
명백히 꽃으로 깊은 설법을 한다
설법은 별로 이어지고
주파수를 타고 별의 설법도 듣는다
꽃을 본다면 모든 전쟁은 끝이다
……………………………………

아! 명백히 꽃을 볼 시간이 없구나
지구에선 시간이 없구나
전쟁에 시간을 뺏겨서

56

꽃을 본다면

잎 ― 수술 ― 꽃가루 ― 향 ―

깊이 들어가면

꽃 따라 하얀거

꽃들이 여름엔 하얀거

꽃들의 하얀거는

실로 높다

십정의 삼매

꽃이 열 가지 명상하는

우주가 우릴 낳았고

키우고 있다

우리 '먹고 마시고'

-동물에 비견되는- 인간의 높이

우린 하위에 몰두하고 있다

하지만 아니다 우주의 뜻은

꽃을 보여주는 우주

향을 따라 별의 단계로 진화할 것이고

별에서 온 우리

지체 높은 족속

너무 낮게 사는 건 아닌지

57

인간

어디까지 진화할까?

땅에 꽃

하늘의 별

HOMO SAPIENS 제자리에 있다

고대부터 내려온 다른 이름

HOMO MEDITATION 명상인간

시대가 왔다

십정의 시대

영혼으로 하는 명상 시대

58

알고 싶었다

인간의 진화

아니 인간 자체는?

육체를 입고는 한 발짝도 나갈 수 없다

진화를 상상할 수 없고

별로 갈 수 없다

명상 속으로

중력을 벗어날 때

진화가 가능하다

충분한 진화

육체는 없다

59

밤

저 많은 별

영적 존재로 가는 곳이다

석가가 왔을 때

이해하지 못했다

시대가 어려서

우주선이 날면서

별을 석가의 각도로 본다

별은 곧 석가다

별의 때는 석가의 때다

인간의 진화 속도는 빨라질 것이고

결국 별을 알게 될 것이다

빛 색 진동 그리고 향

별이 보낸 메시지

지구가 갈 곳을 찾는다

그러나 철로 된 새는 아니다

육체도 아니다

가벼운 영혼

60

육체를 벗으며 돌아오지 않던

그 지구인들은 어디로 가서

다시 돌아오지 않을까?

임종을 봤다

숨이 멈추고

육체는 말라버렸다

죽음 이런 건가?

아니 영혼은 살아서

날고 있다

죽음 육체 현상이 아니다

살아남은 영혼의 떠남이다

잘 가요 아버지별로

"아버지 집에 거할 곳이 많도다"

61

결과는

비참하지 않다

꽃을 보면

H He C O……

원소로 성스럽게 만든 꽃을 보면

꽃이 설득할 것이다

꽃은 별을 얘기한다

밤하늘 별처럼

가슴 뛰게 한다

신비

주파수를 찾은 것이다

환희

별을 보며 삐-삐-삐삐

꽃을 보며 삐-삐-삐삐

주파수가 같다

62

별과 꽃은

어떻게 주파수를 맞출까?

명상

철로 된 무엇은 없다

오래전 인류도 했던

명상으로 주고 받는다

명상은 지구 중력에 잡히지 않는다

지구 중력을 벗어나

먼 별로 가는 건 명상이다

40000C 500000C가 돼도

철로 육체로 먼 별에 가지 못한다

명상이 우주 여행 TICKET

별의 색을 보고 빛 진동

향을 맡는 건 명상을 탄 영혼이다

63

지구는

왜 전쟁 중일까?

별이 보낸 꽃을 보지 않는다

시간이 아깝다

질투 미움 시기…

해야 하기에

꽃 볼 시간을 놓친다

테러 전쟁… 해야 하기에

꽃을 보낸 별의 뜻과 다르게

탱크 미사일 핵……

우크라이나 탄피로 가득하다

항공모함 스텔스 전투기……

푸틴은 꽃을 봤을까?

명령 내리기 전 어느 꽃이든

꽃의 향 맡았다면

평화

64

명상은 쉬지 않는 꽃

명상으로 꽃 피우는

별의 인정을 받은 꽃

꽃은 마스크를 쓰지 않고

예방 접종도 않고

코와 입안을 쑤시는 검사도 없다

거리 두기도

별이 보낸 코로나

꽃은 제외다

꽃의 삼매를 별이 알기에

꽃에 경고장 보내지 않았다

인간에게 보낸 경고다

65

꽃이 지구에
척!
씨를 점령군처럼 박을 때
가져온 무기는
탱크 미사일……
철로 된 무엇도 아니었다
우주 최강 무기 –십정–을 가져 왔다
봄 여름의 더위 가을 겨울 추위
명상으로 공격 이겨 냈고
찬란한 꽃이 질 때도
명상으로 버텼다
꽃은 힘이 세다

66

꽃은 열 가지 명상으로
온 세상 있는 그대로 보고
부처의 국토 차례로 가고
붓다 머무는 곳에 머물고
온 우주를 보고
···

꽃이 하는 명상 나약한 것이 아니다
최고 상승 명상을 하고
마음 붓다의 별에 가 있다
험지로 내려온 군사였고
험악한 곳에 꽃을 보여 줬고
쓰레기 속에 뿌리내린 꽃이고
뒷골목에서도 꽃이고
'꽃'일 뿐이다
지구에 물들지 않고
전쟁에 끼어들지 않고
쓰레기에 찡그리지 않고

늘 '꽃'이다

최상승 삼매 이루어진다는 증거

함부로 할 수 없는

'꽃'

67

푸틴은 꽃을 보았을까?

10정 삼매를 거친

힘센

꽃

우쭐하지도

전쟁하지도

땅을 침입하지도

않는 꽃

힘이 없어서

무기 없어서도 아니다

삼매 했기에 우주의 뜻을 안다

힘센 꽃은 푸틴에게

향을 보내고 있다

10정 삼매를 보내고 있다

동백 금목서 은목서 연산홍 개나리 치자꽃……

특전 부대 용사 향 보내고 있다

웃긴다고?

꽃이 푸틴에게 선전포고한다고?

누가 푸틴을 호통칠까?

지구에서

꽃과 나무뿐

손가락 들어 나무랄 이

꽃은 어른이다

68

별%%%%은

카모마일 향을 낸다

러시아의 꽃

분투하고 있는 러시아 땅 카모마일

%%%%별 카모마일 위해 기도한다

카모마일 혼자가 아니다

별%%%% 함께 투쟁 중이다

중단하지 않을 것이다

평화가 올 때까지

꽃과 별과 전투하는 푸틴

69

카모마일과 해바라기

황당하다

전투 의사가 없기에

사랑했고

전투할 이유 전혀 없었다

카모마일 해바라기에 침범한 적 없고

해바라기도 카모마일에 방어하지 않았다

각자 땅에서 향을 냈고

충분하다

불공평은 없고

전쟁할 필요는 없었다

슬픈 꽃들은 향으로 기도한다

꽃들의 기도 이룰 것이다

70

은목서가 서 있다

그 밑에 앉으라는 뜻

바람이 꽃을 흔든다

3차원 냄새가 아닌

향이 뚝 치고 지나간다

"누구니?"

올려다보니

나무에 하얀 은별들이 달려 있다

"우주구나!"

"응! 걱정 마"

"푸틴은 냄새 맡을까?"

"응 별에서 오는 향이야

심장을 뚫고 지나가지"

"전사구나!"

71

뭐하는 걸까?

죽고 죽이고

살아남은들 기쁠까

이겼다고 기쁠까?

기쁜 건 뭘까?

기뻐 본적은 있었을까?

매화처럼 꽃피면 기쁠까?

"기쁜? 꽃 펴서? 매화"

"기뻐! 꽃 펴서 기쁜 게 아냐

삼매한 결과 꽃이 피었지"

"삼매를 완성해서?"

"응"

"삼매의 끝은 뭐니?"

"우주!"

'우주 기쁨이니?"

"애초에 기쁨이었어"

"증명해봐 꽃"

“나 자체가 증명이야”

“지구에서 꽃이 기쁨의 증거?”

“때가 되면 별에 갈 거야”

“…………………………”

“육체는 없지”

“…………………………”

“빛 색 진동 향…… 환희!”

72

"넌 기쁘고 난 슬플까?"

"난 기억하고 넌 망각이야"

"뭘 기억하지 꽃?"

"별의 때"

"...................."

"우린 별로 가는 운명"

"언제 가지?"

"명상 깊을 때"

"...................."

"우주 최고 결과"

"...................."

"지구인 최고 스펙 명상"

"...................."

"지구든 우주든 제일 힘 센 건 명상이야

기쁨 얻을 수 있는 건

명상뿐이지

지구 영원히 슬플 수도

명상이 없거든"

73

"지구는 왜 기억을 잃었을까?"

"멀리 왔기에"

"가까이 가면 생각할까? 신"

"아니 아버지 아버지를 잊어서 슬픔이야"

"빛 색 진동 향…… 명상에 실어서

지도야 아버지 지도

다가갈수록 기쁠 거야

잃었던 기쁨"

"도와줘"

"아버지는 마음속에 있어!"

74

"명상?

"우주를 달리는 자동차

　마음을 싣고 다니지"

"명상 우주 자동차?"

"작은 딱정벌레차

　별마다 향을 맡고 돌아다니지

　이별 저 별 끝없는 여행

　별마다 향을 대접받지

　여행 자체가 기쁨이야"

"늘 슬픈 지구인

　기쁠 수 있을까?"

"우주는 기쁨이야

　향이 그 증거야"

75

"육체가 슬퍼"

"10정의 명상

 육체는 지구의 형벌이야

 육체가 없는 별로 갈 거야"

"........................"

"왜 사는지?

 답 지구에선 구할 수 없어

 길의 시작일 수 있는 땅

 도착지가 보일수록 답이 보일 거야

 도착지에 서서 왔던 길을 돌아보면

 1%의 오차 없는 PLAN일 거야

 우주는 실수하지 않아

 왜 살까?

 우주에 결과가 있어"

76

지팡이 짚는다

늙음이 온 것이다

매화가 몇십 번 꽃이 피었을 때

금목서 은목서 치자 동백 개나리 영산홍 백일홍…

몇십 번 피울 때

꽃을 보다 세월은 보지 못했고

거울 보다 문득

입술 옆 세로 주름 깊이 패어 있다

눈가 주름은 없고

눈주름 패이도록 웃지 못했다

가부좌 틀다

세로 주름뿐이다

77

노인이 걸을 정도 정원

달마다 꽃은 왔고

늙음을 대해 주는 꽃은 유일한

늙음의 친구

꽃 따라 깊어 졌고

청춘에 들리지 않던

깊은 소리 들렸고

알아 들었다

78

매화 향도 깊어졌고

깊이를 따라 깊게 맡았고

-세상 부정함을 보는- @#IGIDDL향이다

매화처럼 명상하다

고개 숙여졌고

입술 옆의 세로 주름 안에

@#IGIDDL향이 가득 들어 있다

매화와 같이 늙었다

늙음

가득함이다

패인 세로 주름은

가득한 시간이다

79

초여름 찾아오는 영산홍

"외면보다 내면 -진리의 법비- 맞아 봐"

"응 영산홍 YYYY향

이미 외모는 없어

내 늙음을 봐

내면만 볼 수밖에

슬픔은 아니야

늙은 냄새가 아니라

YYYY향이 나지?

영산홍 네 덕분이야

샤넬5 대신

마음에서 나오는 향이지

YYYY향"

80

늙음은 전화도 끊기고
현관 벨도 끊겼다
일어나 늙음을 다듬고
창문을 보니 금목서가 와있다
지팡이를 짚고
향기를 따라간다
손님이 온 것이다
노인을 찾아 주는 요양보호사
"응 &&&&향
 온 우주를 보는 향"
"많이 생각했니?"
"응 시간뿐인걸
 금목서 꽃 질 때
 온 우주 보는 향 깊이 들이마시지"
바람이 지나간다
노란 꽃 세례를 받았다
늙음

꽃을 볼 때다

늙음

향을 맡을 때다

노인만이 시간이 주어진다

금목서와 시간을 보내고

적적한 현관을 여니

적적함 가득하던 거실

&&&&향 가득하다

81

늙음

짙을수록

살인적인 고독

치자향이 노크한다

아! 친구가 있었지

어눌한 걸음으로 치자 앞에 갔다

"별(((((향)))))) 보냈지

 수많은 붓다를 보는 향이지"

 많이 늙었네 음! 향은 성숙해"

"우린 같은 나이야"

"하하하!"

한 번 웃는다

늙음에 찾아오는 꽃

아파트 친구가 가득하다

향으로 노크하는

한번 웃는다

82

끝?

까지

지켜주는 꽃

늙음에 고맙다

늙음에 끊긴 소식

오지 않는 온기

하루가 하얗다

소식이 없을까?

또 죽음 소식은 없을까?

살 만큼 살아야 하는 것도

지구 형벌이네

몸을 씻고 몇 조각 먹는다

SURPRIZE는 없다

NEWS도 없다

오래된 것이다

83

그렇다

별QQQQ를 기억하자

붓다의 장엄 명상

++++향을 내는 벚꽃

뒤를 위해 하얗게 정리된 거실

초라한 시간에

붓다의 장엄을 생각하다니?

아! 찬란한

이 시간 이렇게 환희라니

별QQQQ

향++++

늙음에 찬란함을!

노인에게 화려함을!

84

오줌을 지린다
밥알을 흘린다
커피를 흘린다
노인이 하는 모든 것을 한다
이빨 보수공사 필요하고
뼈도 눈도 말썽이다
다 된 것이다
어디까지 헐거워질까?
어떻게 되면 죽을까?
아직 먼 것일까?
삶도 죽음도 아닌 시간
닫힌 창문 두드리는 건
꽃이다
은목서가 하얀 꽃을 흔든다
응 아직 살아있어
신통명상 하라고? 응 ``````향
죽을 때까지?

응 명상 힘들었는데

명상밖에 할 게 없어

이 늙음에

별~~~~ 알겠어

늙음 명상이다

육체 슬슬 사라지고 있고

마음만 남았네

마음 명상이지

85

아니!

끝이 아니야

꽃들의 이야기

시간 가득 들었잖아

아! 시간과 공간

시간토록 공간토록

별에 간다고 했지

몰골은 이래도 마음 가득하잖아

지혜 광명 명상 개나리

시간과 공간은 지혜 광명이야

우주를 믿는 거야

틀니를 하고 인공관절이지만

마음 가득 지혜 광명이다

개나리는 늘 새로웠지

육체는 버릴 시간

마음 탄탄하다

여행을 가자

86

물도 넘기지 못하고
동백이 두드린다
가자고
"동백 나를 그만 둬
 난 죽음이야
 날 찾아오지 마"
 동백 #$%^향 진하게 뿌린다
"왜 이래 동백"
"보이지 않는 법까지 보이는
 #$%^향이야"
"보이지 않는 법을 본다고?"
"육체의 눈은 버리고
 명상으로 봐"
"........................"
"보이지 않는 다른 법
 내 향에 올라타
 쉬워

가는 거야"

"응? 별----에?"

"딱정벌레차 타고 여행 가자!!!!"

87

동백의 향에 기대니

옆에 일체중생에 들어가는

별$$$$에서 보낸 향#### 백일홍도

날아간다

별로의 여행이 시작됐다

별과 꽃

약속을 지켰고

죽음

와우! 여행 가자!!!!!!!!!

불교문예시인선 • 051

열 개의 명상
©박지애, 2022, Printed in Seoul, Korea

초판 인쇄 | 2022년 6월 20일
초판 발행 | 2022년 6월 30일

지은이 | 박지애
펴낸이 | 문병구
편　집 | 구름나무
디자인 | 쏠트라인saltline
펴낸곳 | 불교문예출판부

등록번호 | 제312-2005-000016호(2005년 6월 27일)
주　　소 | 03656 서울시 서대문구 가좌로 2길 50
전화번호 | 02) 308-9520
전자우편 | bulmoonye@hanmail.net

ISBN : 978-89-97276-67-7 (03810)
값 : 10,000원